LES ENFANTS DE LA BALLE.

POËME SUR LE THÉATRE.

Par BERTIN DIT QUANTIN.

Si par un préjugé né de la barbarie,
On prétendait flétrir un art qui fut le mien,
Vous répondrez alors que j'étais comédien,
Et vous raconterez ma vie.

METZ,

IMPRIMERIE DE CH. DOSQUET.

1838.

CHANT PREMIER.

J E chante, apôtre dramatique,
Les faits de la troupe comique
Où, fougueux partisan de l'art,
Je vins, confiant au hasard
Les destins de toute une vie,
Parmi les prêtres de Thalie,
Humble et pourtant fier écolier,
Apprendre le docte métier
Des Molière, Lekain, Préville,
Baron, Larochelle, Granville,
Molé, Monvel, Talma, Brisard,
Clairon, Lecouvreur et Favart,
Tant d'acteurs à jamais célèbres !
Ne croyez pas que des ténèbres
D'où vous tira votre talent,
Rentrer jamais dans le néant ;
Vos noms, fameux dans la mémoire,
Seront aux pages de l'histoire,
Comme un miroir de vérité,
Transmis à la postérité.

Et toi, quand j'accorde ma lyre,
O muse ! qui parfois m'inspire,
Daigne prêter à mes accents
Ces couleurs et ces traits charmants
Qui, sans monter jusqu'au sublime,
Donnent de la grâce à la rime,
A l'esprit joint le naturel,
Et sans effort donnent du sel
A ces récits souvent aimables,
Quelquefois si peu vraisemblables,
Mais que l'on peut citer partout
Comme œuvre d'esprit et de goût.

La gente parlante ou mimique,
Dansante, comme dramatique,
Termine ses engagements
Quand vient le retour du printemps.
Alors, de toutes les provinces,
Un concours de rois et de princes,
Bon nombre d'autres hauts seigneurs,
Déposant orgueil et grandeurs,
Prennent place à la diligence.
Puis, soutenus par l'espérance,
Chacun libre et le cœur content,
Vient se donner au plus offrant,
Dans ce Paris où tout s'escompte,
Se chiffre, s'adjuge, se compte ;
Où l'on obtient le premier lot,
Pourvu que l'on ne soit qu'un sot ;
Où Plutus flatte et favorise
Le vice et surtout la sottise ;
Vrai pays de Cocagne enfin,
Où la fortune est au plus fin.
Dans ce Paris, que chacun loue,
Séjour de richesse et de boue,
Se trouvent ces nombreux agents
Que l'on nomme correspondants :
Usuriers à la main avide,
Au cœur sec, à l'humeur sordide,
Beaux parleurs, grands diseurs de rien,
Thésaurisant et vivant bien ;

Courtiers de l'art et du génie,
Passant bien doucement leur vie
En vendant à tous directeurs
Des comédiens et des chanteurs.

Là, tous les ans la foule afflue,
De la dramatique cohue.
L'un, débarquant sur notre bord,
Arrive des glaces du nord ;
Celui-ci, des côtes d'Afrique,
Ou des Indes, ou d'Amérique,
Et prêt à repartir soudain,
S'il le faut, dès le lendemain.

Chacun, dans ce lieu, fait inscrire
Son nom, comme ce qu'il désire,
Et dit, quant à son traitement,
Le chiffre exact de son talent.
—Dans l'un de ces bureaux d'agence,
Où viennent se mettre en présence
Les très-humbles solliciteurs,
Trials, Amoureux, Raisonneurs,
Duègnes, Philis, grandes coquettes,
Mères Dugazons et soubrettes ;
Et, d'autre part, les acheteurs,
Orgueilleux et fiers directeurs,
Qui, tout boursoufflés d'impudence,
Se donnent des airs d'importance ;
—Dans l'un de ces bureaux, enfin,
Où se rendent chaque matin
Les entrepreneurs dramatiques,
Exploitant les genres lyriques,
Je pris place au milieu des rangs
De ces aventureux enfants
De Thalie et de Melpomène,
Dignes apôtres de la scène ;
Art divin immortalisé
Par un peuple civilisé.

En ce temps, un nommé Saintville,
Cité pour être un homme habile,

Lassé de n'être que sujet,
D'être directeur fit projet.
Son nom, je crois, n'importe guère,
Saintville était son nom de guerre ;
Chez nous on peut s'approprier
Tous les saints du calendrier.
— Comédien depuis son enfance,
Il avait cette expérience
Que doit avoir un directeur
Pour gouverner avec honneur :
Doux, affable, d'humeur égale,
— C'était un enfant de la balle,
Ce qui signifie en indien, *
Que l'on est fils de comédien.
Voici comment on interprète
Et l'on traduit cette épithète :
C'est une boule en mouvement,
Qui roule et court incessamment,
Puis, dans sa course vagabonde,
Parcourt les quatre coins du monde,
Heureuse, à son terme fatal,
De ne pas heurter l'hôpital.

Pourtant, le directeur Saintville,
Toujours prudent, calme, tranquille,
Choisit chez ses correspondants
Les sujets les moins exigeants.
Alors, vous sentez, les artistes,
Musiciens, souffleurs, choristes,
Du premier au dernier emploi,
Comme ils se trouvaient en émoi !
— D'une part, on voyait l'envie,
Sa sœur, la basse jalousie,
L'hypocrisie aux regards faux,
Combattre contre leurs rivaux.
— De l'autre, le talent modeste,
Fort de son droit, sinon plus leste
A lancer le trait inhumain,
Qui parfois s'émousse en leur main.

* Ergot des coulisses.

C'est au milieu de ce dédale,
Entre l'intrigue et la cabale,
Qu'un jour, dans mon aveuglement,
Je vins me placer hardiment.
—Hélas! que n'ai-je une autre plume?
Tout autre ferait un volume
De ce qui pouvait en ces lieux
Charmer et l'oreille et les yeux:
Joyeux propos, récits burlesques,
Portraits et tournures grotesques;
Mais de la plume d'Arago,
Ni du crayon de feu Callot,
Ici ne cherchez point la grâce;
Entre eux et moi règne un espace
Que, quel que soit votre désir,
Mon esprit ne pourrait franchir.
Si près de vous un jour ma muse
Dans ses efforts trouve une excuse,
C'est que toujours la vérité
Embellit la simplicité.

Chez Touchart, agent dramatique,
Connu dans le monde comique,
On reconnaissait à l'instant
L'industrieux correspondant.
Dans une antichambre exiguë,
A l'antre secret contiguë,
Les murs, entièrement couverts
D'affiches et d'objets divers,
Offraient, par cette mosaïque,
Un blason de l'ordre scénique,
Où les yeux, toujours étonnés,
'Étaient incessamment tournés.
—Un bruit continu, monotone,
Semblable à l'essaim qui bourdonne,
Semblait être le diapason
Du maître de cette maison.
Ce jour la foule était doublée;
Mais au milieu de l'assemblée
Je me glissai sans plus de soin,
Et fus me placer dans un coin.

—D'abord, chacun libre circule,
S'assied, se lève, gesticule,
Se heurte, se croise en tous sens;
Vingt voix parlent en même temps :
C'est Babel, ses divers langages,
Recélant d'autres personnages.
La porte avec son grincement,
La sonnette et son tintement
Fait aussitôt dresser l'oreille,
La curiosité s'éveille,
Et tous les yeux au même instant
Fixent le nouvel arrivant.
Alors on l'aborde, on le presse,
Chacun le choie et le caresse,
Et fussiez-vous leur ennemi,
On dit : « Mon bon! mon cher ami!
« D'où viens-tu? quelle est ta demeure?
« Nous parlions de toi tout à l'heure!
« De ton talent, de tes succès,
« Que partout on vante à l'excès.
« Dans peu de jours tu vas sans doute
« De nouveau te remettre en route?
« Ici tu viens assurément
« Pour signer ton engagement? »
Aussitôt, de l'air d'assurance
Que nous donne la confiance,
On répond : « Vraiment l'amitié
« Grandit mon talent de moitié.
« Pourtant, s'il faut être sincère,
« Le public, bien qu'un peu sévère,
« Me traite, et j'en suis très-flatté,
« En véritable enfant gâté. »

Ce sont enfin des assurances,
Des compliments et des avances
Auxquels souvent le mieux appris
Se trouverait le premier pris.
La vanité, cette traîtresse,
Sournoise et trompeuse maîtresse,
Fait ouvrir l'oreille aux propos
Dont on berna toujours les sots.

— Ici-bas tout est bigarrure
Et contraste dans la nature.
Cet homme qui, distraitement,
Regarde et fixe gravement
Ses doigts, qu'il ne cesse de mordre,
Est un talent de premier ordre,
Aussi modeste qu'indulgent;
Il n'exalte point son talent,
Mais se met au rang des apôtres
Qui proclament celui des autres.
— Dans ces lieux on voit à la fois
L'acteur qui brillait autrefois,
Le néophyte à la lisière
Qui va commencer sa carrière,
Un premier rôle de vingt ans,
Un amoureux à cheveux blancs.
— Celui-ci, d'un ton phlegmatique,
Vous dit qu'il tient l'emploi comique.
— Cette basse enfle ses poumons
Pour donner du grave à ses sons.
— Cet autre, d'une voix perçante,
Qu'il tâche de rendre vibrante,
Se propose et vient s'engager
Comme premier ténor léger.
— L'un monte ou descend une gamme,
L'autre décoche une épigramme.
On cause sur tous les sujets,
Des plus simples aux plus abstraits.
On choisit ce que la folie
Peut prêter à la causerie,
Depuis Démosthène ou Platon
Jusqu'à la coupe d'un jupon.
On parle costumes, musique,
Littérature, politique,
Vieilles coutumes, vieux écrits,
Vieux tableaux ou vieux manuscrits.
Ici chacun a sa faconde,
Il y en a pour tout le monde;
Des fous, même des ignorants,
Et parfois aussi des savants.

Or, pendant que chacun babille,
Touchart travaille avec Saintville.
On fait venir chaque sujet
Tour à tour dans le cabinet.
Chacun donne son répertoire,
Fait l'éloge de sa mémoire,
De ce qu'il peut, dans certains cas,
Faire pour sortir d'embarras.
— Après les offres de l'artiste,
Le directeur alors insiste
Pour conclure en sécurité,
Si tout est bien la vérité.
Le comédien, sans plus attendre,
Au même instant se fait entendre.
S'il convient, on discute après
Le chapitre des intérêts.
Chacun se tient sur la réserve,
De part et d'autre l'on s'observe;
Le chiffre des prétentions
Suscite des restrictions.
L'un parle de grands sacrifices
Et propose des bénéfices;
L'autre, que sans cesse obsédé
Il est partout redemandé.
Les débats alors se succèdent,
Mais enfin l'un et l'autre cèdent,
Et dans l'espace d'un moment
On fait l'acte d'engagement.

Pourtant, prompt à saisir la chance,
Saintville agit avec prudence.
C'est en consultant son budget
Qu'il engage chaque sujet;
Repoussant tout emploi futile
Comme une dépense inutile,
Et soumettant à ses desseins
Ses ressources et ses moyens.

A chaque instant la porte s'ouvre,
Porte bien discrète qui couvre
Les éclats de voix trop bruyants

Échappés aux deux contractants.
Dès que l'un a cédé la place,
Un autre à l'instant le remplace.
— Pour celui qui vient de traiter,
Sa taille paraît augmenter;
Dans son maintien, sur sa figure,
On pressent qu'il vient de conclure.
Quittant l'air de solliciteur,
Il parle d'un ton protecteur.
Mais ayons un peu d'indulgence;
Il règne une telle distance,
Que l'on doit presque se signer
Devant qui vient de terminer.
— En ce moment, je suis sincère,
Et le dis ici sans mystère,
Qui d'entre nous avec raison
Ferait une comparaison?
L'un va recevoir ses avances,
Source de tant de jouissances!
Fait, défait, bâtit à loisir
De grands projets sur l'avenir;
L'autre, dans une horrible attente,
En vain s'agite et se tourmente,
Et sous un dehors de gaité
Cherche à cacher sa pauvreté.

Enfin, au fond du sanctuaire
Où se rend chaque titulaire,
A mon tour je fus appelé,
Et sur mes faits interpellé.
Ma jeunesse et non ma science
L'emporta dans cette occurrence
Sur vingt rivaux du même emploi,
En concurrence comme moi.
Alors, en quelques traits de plume,
On dressa, selon la coutume,
L'acte qui fixe en même temps
Le chiffre des émoluments,
L'emploi pour lequel on s'engage,
Ports d'effets, avances, voyage,
Amendes, destination,
Crédit, et expiration.

C'est ainsi qu'artiste lyrique,
J'entrai dans le monde comique,
Heureux et fier de partager
La gloire comme le danger.
Le cœur gai, la bourse légère,
Pour l'art affrontant la misère,
Qui, dans plus d'une occasion,
S'attache à la profession.

FIN DU CHANT PREMIER.

CHANT DEUXIÈME.

L'amour des arts et de la gloire,
Que l'homme transmet à l'histoire,
Est un présent dont l'Éternel
Voulut doter chaque mortel.
Le savoir nous rend plus traitable,
Plus indulgent, plus respectable;
C'est la civilisation
Qui grandit une nation,
La tire de la léthargie
Où la plongeait la barbarie.
C'est elle qui, d'un jour nouveau,
La fait sortir de son berceau,
Et le génie alors s'élance
Des ténèbres de l'ignorance,
Pour verser sur tous les trésors
De ses longs et nobles efforts.

Jadis dans Rome, dans Athène,
Florissait l'art de Melpomène,
Art au plus haut point exalté
Des peuples de l'antiquité.

Là, du talent seul idolàtre,
Nul ne rougissait au théâtre;
Nobles, magistrats, écrivains,
Des honneurs du cirque étaient vains;
Jusque dans le siècle où nous sommes,
On cite parmi ces grands hommes
Les noms immortels d'Æsopus,
De Sophocle et de Roscius!

Bellone, excitant les tempêtes,
Envoya l'esprit des conquêtes.
Alors on vit de toutes parts,
Bravant la mort et les hasards,
Les peuples l'un sur l'autre fondre,
En de longs combats se confondre.
L'art s'éteignit dès cet instant,
Et tout rentra dans le néant.

Plus tard, les ecclésiastiques
Ranimèrent les jeux scéniques;
Puis dressant, apôtres nouveaux,
Clandestinement leurs tréteaux,
On représenta des mystères,
A huis clos, dans les monastères,
Dont les sujets, pris à desseins,
Étaient tirés des livres saints
Et rimés en langue latine.
Telle est en France l'origine
De cet art qu'un sot préjugé
Frappa des foudres du clergé.

Charles six était sur le trône,
Quand tout à coup, des bords du Rhône,
Une troupe de bateleurs,
Naguère encor pauvres chanteurs
De lais, virelais, seguedilles,
Villanelles et voix de villes,
Vint s'offrir aux regards surpris
Des bons habitants de Paris,
S'intitulant, pour leurs mystères,

Maîtres gouverneurs et confrères
De la très-sainte passion,
Martyre et résurrection.
—Ce fut près des murs de la ville
Qu'ils élurent leur domicile,
Dans le bourg *Sainct-Maur-ez-fossés,*
Lieux suspects et peu fréquentés.
—Cela fit fureur dans le monde;
La cour et la ville à la ronde
Vinrent pour juger leur talent;
Le roi même en fut si content,
Nous disent les vieilles chroniques,
Que, dans leurs costumes scéniques,
Ils purent, par les carrefours,
Aller et venir tous les jours.
Du théâtre c'est la naissance,
Le seul dont on ait connaissance.
Tels sont les premiers comédiens
Qui charmèrent les Parisiens.

Ces jeux firent fortune en France;
Mais le théâtre dans l'enfance
N'admettait qu'un plaisir banal,
Sans comprendre le but moral.
Tour à tour le grave et l'obscène
Se confondaient sur notre scène;
Des mécréants ou des païens
Venaient apostropher les saints,
Et l'un et l'autre avec usure
Échangeaient les coups et l'injure.

Les moines de la Trinité,
Asile d'hospitalité,
Alléchés par le bénéfice,
Trafiquèrent de leur hospice,
Et louèrent aux comédiens
Un des bâtiments mitoyens;
Dernier refuge à l'indigence,
Au malheur comme à la souffrance;
Par double calcul se donnant
Moins de fatigue et plus d'argent.

— Lors, rompant la monotonie,
On créa le genre sotie,
La farce et la moralité,
Monstres géants de vérité.
Dès le point du jour la cohue
Envahissait toute la rue;
Tout cédait au besoin présent.
Les prêtres même à ce moment,
Sous l'influence du caprice,
Avançaient l'heure du service
Pour complaire à leurs paroissiens
Et courir voir les comédiens.

Ce fut sous ce roi despotique,
Avare et parfois magnifique,
Louis, le onzième du nom,
Politique habile et profond,
Arrière-fils d'un roi débile
Et fils d'un roi presque imbécille;
Que l'on vit, bravant les hasards,
Paraître ses enfants bâtards,
Qui fesaient fuir à leur approche
Ces clercs brouillons de la basoche,
Du parlement, du châtelet,
Ayant chacun leur roitelet,
Dispensateur des bénéfices
De leurs montres et exercices;
Donner ces monstruosités
Que l'on nommait moralités,
OEuvres grossières d'impudence,
D'effronterie et d'indécence,
Où l'on sapait tout à la fois
La religion et les lois.

Bientôt la jeunesse folâtre,
Ardente au plaisir du théâtre,
Non satisfaite d'imiter,
Voulut se singulariser,
Et pendant près de cent années,
Aux fêtes, cortéges, entrées,
Les légats, reines ou seigneurs

Par eux obtenaient les honneurs.
Ponts, places, marchés ou portiques
Avaient des montres mirifiques
Où l'on célébrait leur beauté,
Leur courage ou leur piété.

Cependant, des anciens confrères
Les interminables mystères
N'attiraient plus comme autrefois
Le clergé, la cour et les rois.
On sait que de tous temps en France
La mode fut une puissance ;
Son sceptre échappait à leurs mains.
Bientôt de dangereux voisins,
Dirigés par un chef alerte,
Rendirent leur salle déserte :
— C'était le chef des Sans-souci,
Qui souvent se nommait aussi
Seigneur d'engoulvent, grosse béte,
Qui n'a de cervelle en la téte ;
Et ses officiers ou suppôts
Le nommaient *le prince des Sots.*

Dès le matin, sans plus de pompe,
On annonçait à son de trompe
Que les jeux seraient pour midi,
Au théâtre des Sans-souci.
Dans tous les quartiers, des soties,
Des farces et bouffonneries
Attiraient un concours bruyant.
Écholier, bourgeois et manant,
Couraient, affrontant tout obstacle,
Pour jouir d'un si beau spectacle.
Tel on voyait en seize cents
Le théâtre du bon vieux temps.
Parmi ces pères de la scène,
Vieux apôtres de Melpomène,
On cite Joubert, Tabarin,
Arnault, Guillaume, Turlupin.
Le génie enfin perçant l'ombre
Sortit bientôt de la nuit sombre,

Étonnée à son seul aspect;
Mais s'inclinant avec respect,
On vit la stupide ignorance
S'éloigner alors en silence,
Laissant aux esprits immortels
Le soin d'illustrer nos autels.
— Rotrou parut, et son génie
Ennoblissant la tragédie,
Sut allier à la fierté
Les couleurs de la vérité.
Molière, apôtre de Thalie,
Créa la bonne comédie;
Grand artiste, grand écrivain,
Il éclaira le genre humain
Sur l'erreur, aveugle martyre,
Et du fouet de la satyre
Frappa toujours les faux dévots,
Les ridicules et les sots.

Du théâtre telle est l'histoire,
La seule au moins dont la mémoire
Ait conservé les faits inscrits,
Soit par livres ou manuscrits.
L'art, prenant le bon sens pour guide,
Marcha bientôt d'un pas rapide.
Le génie heureux des auteurs
Stimula celui des acteurs.
Cessant d'être un plaisir frivole,
La scène devint une école
Où le peuple put s'adjuger
Le droit de rire et de juger
Des nouveaux goûts et nouveaux schismes,
Et de tous les charlatanismes
Que l'écrivain, pour l'éclairer,
Vient chaque jour lui signaler.
Pourtant les arts et la science
Ne régnaient point encore en France.
Le peuple, longtemps endormi,
Ne se réveillait qu'à demi
Du long et indigne esclavage
Où croupissait le moyen âge,

Et d'un théâtre permanent
Paris seul, jusqu'à ce moment,
Avait l'avantage assez mince
De l'emporter sur la province.
Enfin, séduit par les plaisirs
Qui pouvaient charmer ses loisirs,
Le Français devint idolâtre
Des jeux et de l'art du théâtre,
Chaire auguste de vérité,
Autel où brille la clarté,
Où librement chacun peut rire
Et se délasser et s'instruire.
Alors on vit dresser partout
Les temples où le dieu du goût
Cherche à corriger sans scandale
Et fait en riant la morale.

C'est dans cette ancienne cité,
Célèbre par l'antiquité,
Comme par la magnificence
Que déployaient les rois de France,
Lorsque le joug pontifical,
Dans un vain cérémonial,
Forçait leur timide ignorance
De courber devant sa puissance ;
— Dans la ville de Rheims, enfin,
Qu'on vit placarder un matin
L'annonce ou tableau de la troupe,
Que tout directeur entrecoupe
D'avis et de beaux compliments
Adressés à tous les passants.
— Saintville, en cette circonstance,
Avait fait preuve d'éloquence.
Les premiers sujets de Paris,
Au public d'avance promis,
Devaient, réveillant l'auditoire,
Rompre l'ennui du répertoire.
Ensuite, d'un ton naturel,
Il parlait de son personnel,
Vantait ses acteurs, ses actrices,
Énumérait ses sacrifices,

Répétant qu'artiste avant tout,
Il ne consultait que leur goût.

Aux angles que forme la rue,
Place, mur, propice à la vue,
A peine paraît l'afficheur,
Que déjà se montre un lecteur.
Chaque prospectus de la troupe
Voit soudain se former un groupe.
Les yeux fixes, le cou tendu,
Chacun veut voir son contenu.
La malignité casanière,
Toujours active et tracassière,
Du commencement jusqu'au bout
D'avance chicane sur tout :
Telle actrice en tête placée
N'a point assez de renommée,
Ou bien, il manque tel emploi
Qu'un directeur de bonne foi
Dans aucun cas ne doit omettre,
Dût-il en cela compromettre
Son avenir et son honneur,
Comme homme, ou comme directeur.
— Peut-être ici le moraliste
Dira le public égoïste ;
Mais que lui fait son avenir
Dès qu'il s'agit de son plaisir ?
Et puis, il faut encor le dire,
Sans me livrer à la satyre,
C'est le changement, comme on dit,
Qui réveille notre appétit,
Aux humeurs donne un cours plus libre
En rétablissant l'équilibre.

Malgré le talent d'un acteur,
Dès que nous le savons par cœur,
Il paraît un peu monotone,
Et l'uniformité nous donne
Bien souvent des oppressions,
Qui gênent nos digestions.
L'amour-propre à qui tout s'accroche,

Ne peut décemment sans reproche
Franchement siffler aujourd'hui
Ce qu'hier on louait en lui.
Or, bien souvent, lorsque la bile
Travaille notre corps débile,
On aimerait un bon défaut,
Que l'on pût siffler comme il faut.

Cependant la troupe arrivée
Au théâtre s'est assemblée.
Acteurs, actrices, régisseur,
Convoqués par le directeur,
Qui va présider la séance,
Viennent à cette conférence,
Dont le seul et unique but
Est de régler chaque début
Des principaux pensionnaires,
Très-puissants et hauts dignitaires
Qui débutent dans l'opéra
En *ut*, en *sol*, ou bien en *fa*.
Le reste est de peu d'importance,
Et s'ils font acte de présence,
Ce n'est, à parler simplement,
Que pour orner le diamant,
Convaincu que c'est la musique
Qui plaît à ce siècle classique,
Et que sans le secours du chant
Nul ne peut avoir de talent.

C'est au foyer, suivant l'usage,
Que s'assemble l'aréopage.
Le chef assis sur son fauteuil
S'étend, et trône avec orgueil,
Et d'un regard de complaisance
Semble mesurer la distance
Qui le sépare désormais
De ses serviteurs et sujets.
— Mais sous l'air de la bonhomie
Saintville cachait son génie,
Et joignait au talent d'acteur
L'habileté d'un directeur,

Art facile et qui ne consiste
Qu'à savoir bien prendre un artiste.
— Ce n'est que la sévérité
Qui compromet l'autorité.
Nul homme n'est inattaquable,
Tous ont leur côté vulnérable,
Et, dans ce cas, le plus adroit
Par la douceur a toujours droit.

Sur son bureau, d'énormes masses
De brochures, de paperasses,
Partitions, engagements,
Notes et divers documents,
Comme une puissance attractive,
Le tenaient sur la défensive.
Par l'expérience exercé,
Son esprit, constamment fixé,
Compulsait chaque répertoire,
Ces certificats de mémoire,
Douteux ou tout à fait menteurs,
Que donnent parfois les acteurs.
Près de lui, gardant le silence,
Son régisseur taille d'avance
La plume qui, le lendemain,
Doit signer l'ordre souverain.
— Les hautes sommités lyriques,
Ou les gros bonnets artistiques,
Comme pour former un tableau,
Se groupent autour du bureau.
A l'organe, au ton, au langage,
On pressent chaque personnage.
Au propos, à l'air jovial,
Chacun devine le Trial;
C'est le maître en fait de malices,
La providence des coulisses;
Imperturbable chroniqueur,
Son talent de joyeux conteur
Lui donne le droit d'insolence,
Et dès qu'il parle on rit d'avance.

Sa voisine, c'est la prima,

La séduisante Fiorina,
Dont la voix touchante et flexible
Charmerait le plus insensible,
Et ferait aimer l'opéra
Si l'on n'en raffolait déjà.
— Celui qui près d'eux se dilate,
Fait et redéfait sa cravate,
Se dandinant sur son fauteuil,
Son binocle fixé sur l'œil,
Est le premier sujet lyrique,
Haute dignité dramatique
Que l'on achète au poids de l'or,
C'est-à-dire premier ténor.
Plus loin, ce vieillard vénérable,
Qui caché sous un front aimable
Ses rides et ses cheveux blancs,
Le feu d'un homme de trente ans,
Tient l'emploi dit des Laruettes,
Pères nobles et Juliettes.
De la troupe c'est le Nestor,
L'oracle comme le Mentor.

— Sanglé dans son corps de baleine,
Ce gros qui respire avec peine,
Étalant d'un air orgueilleux
Négligemment à tous les yeux
Ces bijoux qu'un goût pur dédaigne,
Et qui toujours servent d'enseigne
A l'humble médiocrité,
La sottise ou la vanité;
C'est une voix sonore et pure
(Du moins à ce qu'il nous assure),
Enfin, le fameux Barbillon,
Basse chantante et baryton.

— Enfin, cette perle coquette,
Parfois reine, parfois soubrette,
Que l'on appelle Dugazon,
Parlait et riait sans façon.
Ici je dois clore ma liste,
Car on ne peut nommer artiste

Que celui qui par son talent,
Faux ou vrai, gagne de l'argent.
Le reste de la galerie
N'était que la tapisserie
Qui fait ressortir à propos
Les personnages principaux.
Enfin, de sa chaise curule,
Le directeur, sans préambule,
Prit la parole, et se levant,
Adressa le discours suivant.

FIN DU SECOND CHANT.

CHANT TROISIÈME.

L'exploitation dramatique
N'est plus qu'un commerce lyrique,
Auquel, sans talent reconnu,
Se livre le premier venu,
Peu soucieux que l'indigence
Un beau jour, par son imprudence,
Devant votre foyer désert
Vienne placer votre couvert.
La vanité qui le transporte
Sur tout autre calcul l'emporte ;
Envieux qu'il est de l'honneur
D'être surnommé directeur !
— Ce n'est point séduit par le titre
D'être désormais seul arbitre

Dans les nombreuses questions
Qu'entraînent toutes gestions;
Mais naïvement l'avouerai-je,
Si j'ai brigué ce privilége
C'est comme asile où mes vieux jours
Verraient en paix finir leur cours.
C'est donc en artiste et en père,
En camarade comme en frère,
Ayant besoin de votre appui,
Que ma voix s'élève aujourd'hui.
— C'est l'union qui favorise
Et mène à bien une entreprise;
C'est de l'union que dépend
Tout succès ou bonheur constant.
Convaincu que cette maxime
Nous mène à tout but légitime,
J'ai, dans notre intérêt commun,
Saisi le moment opportun
Où, sans cesser d'être équitable,
En faisant un choix convenable,
J'ai pu prendre chaque sujet
Sans outrepasser mon budget.
Votre zèle et votre aptitude,
Une louable exactitude,
D'un travail pénible et constant
Rendront le fardeau moins pesant.
Un effort heureux de mémoire
Est une action méritoire
Dont le public sait toujours gré
A l'acteur le moins préféré,
Mais qui, dans l'artiste qu'on cite,
Ajoute encore à son mérite.
On peut à ce raisonnement
Joindre encore un autre argument:
C'est dans l'aspect d'un auditoire,
Qu'on peut juger un répertoire;
Plus son cercle se retrécit,
Moins le coffre-fort se remplit.
Mais si, franchissant les obstacles,
On sait varier ses spectacles,
L'attrait du nouveau l'attirant,

Le public revient à l'instant.
Donc, courant la même fortune,
La cause alors devient commune,
Et c'est dans sa prospérité
Qu'on trouve sa sécurité.
— Rayant ces dépenses futiles,
Ce luxe d'emplois inutiles
Dont les directeurs imprudents
Se chargent la plupart du temps,
J'ai voulu, faisant le contraire,
Me contenter du nécessaire,
Bien certain que tout directeur,
Dès qu'il régit avec honneur,
Doit, s'il veut terminer la course,
Se baser toujours sur sa bourse,
Et que le plaisir du public
Ne serait qu'un honteux trafic
Si, par ruse ou par ignorance,
Il compromettait l'existence
De ceux qui, servant ses desseins,
Ont placé leur sort en ses mains.
Fermant tout accès à l'intrigue,
La justice sera le guide
Que je choisirai constamment
Pour régler chaque différend,
Où, dans son ardeur inquiète,
L'amour-propre souvent se jette.
Certes, dans cette occasion,
Croyez que mon intention
N'est pas, discourant d'un ton rogue,
De m'ériger en pédagogue
Et de faire ici la leçon
Dans un inutile sermon.
J'en appelle à votre sagesse :
Le discours que je vous adresse
Tend, non pas à vous éclairer,
Mais a pour but de préserver
Contre tous sujets de discorde.
Parmi nous la paix, la concorde,
En stimulant l'amour de l'art,
Au bonheur conduit tôt ou tard.

Que loin d'une orgueilleuse envie,
Entre nous règne l'harmonie ;
Que toujours la sainte amitié
Avec les arts soient de moitié,
Et supprimons, dignes émules,
Ces distinctions ridicules
Dont la source gîte souvent
Dans le chiffre et non le talent.
Le talent seul, dès qu'il existe,
Range le véritable artiste,
Quel que soit le chiffre du mois,
Au niveau des premiers emplois.
Le hasard qu'en vain on excite,
Souvent en dépit du mérite,
Se montre ou parcimonieux,
Ou, dans ses dons, capricieux.
Tel brillerait par son génie,
Est, par besoin ou modestie,
Forcé de céder à sa loi,
En rampant au dernier emploi.
Pourtant, détachant sa couronne,
La gloire aussi parfois lui donne
Un des honorables rameaux,
Prix de ses modestes travaux.
—Il est vrai, souvent l'ignorance,
Mesurant son intelligence
Au taux de ses émoluments,
Lui dit : Vois mes appointements!
Mais la raison faisant justice
De la sottise et du caprice,
Lui répond : Artiste avant tout,
Sois toujours disciple du goût ;
Il est loin d'une âme commune
De préférer à la fortune
L'humble place où l'on peut briller,
Au rang où l'on peut s'effacer.
—Le bon sens et la bienséance
Doit bannir cette préséance,
Qui presque toujours compromet
A la fois l'art et l'intérêt.
Des airs de grandeur ridicules

N'imposent qu'aux esprits crédules,
Et dans leurs scandaleux éclats
N'ont que de fâcheux résultats.
Une vaine aristocratie
Entre nous détruit l'harmonie.
Chaque effort devient superflu
Dès que le zèle a disparu.
Or, mon avis et mon système,
Non comme votre chef suprême,
Mais en frère, en homme de bien,
Est qu'entre nous tout comédien,
Eût-il un talent sans conteste,
Doit toujours se montrer modeste,
Et qu'entre eux, loin d'être rivaux,
Premiers et derniers sont égaux.

A ce discours peu péremptoire,
Soudain partit de l'auditoire
Ce bruit si doux et si flatteur
Aux oreilles d'un orateur.
Vraiment, disait l'un, à merveille !
Il a la vigueur de Corneille,
L'éloquence de Cicéron
Et la sagesse de Caton.
Pourtant, au milieu du murmure
Des louanges que, sans mesure,
On donne au nouveau directeur,
Perce un cri désapprobateur.
Soudain, s'agitant sur sa chaise,
Le front plus rouge que la braise,
Barbillon dit alors ces mots :
Pardieu ! nous croyez-vous des sots ?
Moi ! comédien que chacun cite
En tous pays pour mon mérite,
Croyez-vous qu'un propos banal
Me rende désormais l'égal
De tout ce qu'on appelle artiste ?
Alors bientôt jusqu'au choriste
Aurait le droit, j'en suis certain,
De venir frapper dans ma main !
Votre égalité n'est qu'un songe,

Car ce fut toujours un mensonge
Dont on berna dans tous les temps
Ou des niais ou des enfants.
Pour employer votre formule,
Il faudrait être bien crédule
Pour s'imaginer un instant
Que (sans parler de mon talent)
J'irais, cédant la préséance,
Traiter de puissance à puissance
Avec le premier malotru,
Dont le chiffre, plus qu'exigu,
De ce qu'il gagne en sa quinzaine,
On le sent, suffirait à peine
A payer le vin étranger
Que je bois après mon dîner.
N'en déplaise à votre sagesse,
Mais la misère et la richesse
Auraient par ma foi mauvais air
Toutes deux de marcher de pair.

A cette impudente sortie,
La foule, d'abord étourdie
D'un discours au moins imprudent,
Ne sut que répondre un moment.
La haine et son aveugle rage,
Enluminant plus d'un visage,
Menaçait enfin d'éclater,
Quand tout à coup on vit monter
Au tribunal académique
Le Trial ou premier comique,
Qui voulut, dans le cas présent,
Émettre aussi son argument.
Prenant pour cette circonstance
Un ton de noblesse et d'aisance,
Tout d'une haleine il déclama
Ce discours qui les désarma.

Messieurs, de mon cher camarade
La raison est un peu malade;
Vous voyez le piteux état
De son cerveau trop délicat;

Les vapeurs d'un orgueil rebelle
Troublent par instants sa cervelle;
Alors, son esprit démonté,
La fièvre de la vanité
Lui donnent presque le délire,
Et souvent lui fait faire et dire,
Lorsque dans ces fâcheux instants
Sa raison prend la clé des champs,
Grand nombre de ces balourdises,
Que vous prendriez pour sottises,
Si vous étiez moins indulgents.
Or, remarquez, dans ces moments,
Son regard brille, et puis s'allume
Du feu secret qui le consume;
A tout bon sens il dit adieu,
Il ne garde plus de milieu.
L'égoïsme seul parle et pense,
Et se croyant d'une autre essence,
Il se met au-dessus de tous,
Ne croyant pas, dans son courroux,
Que quelqu'un ait la suffisance
De l'emporter en impudence;
Dans ces déplorables accès,
Il croit lui-même à ses succès,
Dernier degré de la folie;
Il renonce à la modestie,
Plus orgueilleux qu'un jeune auteur,
Plus vain que ne l'est un acteur,
Entêté comme un casuiste,
Aussi menteur qu'un journaliste,
(Sauf du moins après mention,
Quelquefois une exception);
Il ne garde aucune mesure.
Mais ici, Messieurs, je le jure,
On ne peut le considérer
Que comme un fou presque à lier,
Et si comme moi chacun pense,
Vous aurez un peu d'indulgence.
— Cette chute fut le signal
D'un transport presque général.
Une hilarité convulsive

Remplaça la clameur active
Qui, quelques secondes avant,
Relevait son front menaçant.
Un crescendo de railleries,
De sarcasmes et réparties
Sifflaient, ainsi que l'aquilon,
Aux oreilles de Barbillon.
Quelques emplois par excellence,
Gardaient, il est vrai, le silence ;
Mais ceux qu'en style peu courtois,
On appelle les bas emplois,
Enchantés, dans cette occurence,
Que quelqu'un eût pris leur défense,
Jusqu'à l'exagération
Applaudissaient leur champion.
Or, ici chacun le devine :
Barbillon faisait triste mine ;
A le regarder, on l'eût dit
Possédé du malin esprit ;
L'œil en feu, la lèvre pendante,
Le rouge au front, la voix tremblante,
Non de honte, mais de fureur,
La rage dans le fond du cœur,
Toisant son joyeux adversaire,
Qui, sans être moins téméraire,
Voyant sa raison aux abois,
Le regardait d'un air narquois.
— Par cet incessant persifflage,
On pouvait penser qu'un orage
Ne tarderait point en ce cas,
Sous peu de fondre avec fracas.
Saintville, ennemi du scandale,
Cherchait à sortir du dédale,
Et par de paternels avis,
Réconcilier les esprits ;
— Quand, pour conjurer la tempête,
Qui déjà grondait sur sa tête,
Un nouvel interlocuteur,
Bel esprit, frisant l'orateur
Comme en la chaire d'une école,
Prit soudainement la parole,

Et s'exprima, sur mon honneur,
Presque aussi bien qu'un Régisseur.

Messieurs, dit-il, ces incartades
Ne sont rien : entre camarades,
Et toujours en homme prudent,
On doit se montrer indulgent.
Vous le savez, la loi nouvelle
Défend de venger la querelle
Que naguère on nommait honneur,
Par aucun moyen destructeur.
L'honneur n'est pas, comme on le pense,
Dans le soin de venger l'offense,
Mais consiste, j'en suis certain,
A se montrer doux et humain.
L'honneur n'est qu'un point fantastique,
Qu'une conscience élastique
Relâche ou resserre souvent
Au gré de l'intérêt présent.
Pour un mot dit à la légère,
Faut-il écouter sa colère ?
C'est un dangereux conseiller,
Qui toujours sut nous égarer.
L'esprit joint avec la sagesse,
Redresse souvent la faiblesse,
Et dans toutes nos actions,
Est sourd aux voix des passions.
Il peut, il est vrai, dans la vie
Exciter la haine ou l'envie ;
Mais le juste, au fond de son cœur,
Par lui seul trouve le bonheur.
Pour bien cultiver la science,
Il faut dompter la violence
D'un caractère impétueux,
Ou d'un cerveau trop ombrageux.
Elle n'est vraiment accessible
Que pour ceux dont l'humeur paisible
Peut résister, dans tous les temps,
A la fougue de leurs penchants.
— J'ai recueilli quelques préceptes,
Que peut-être certains adeptes,

Plus admirateurs du talent
Et de la gloire, que d'argent,
Entendront sans impatience,
Sans y mettre d'autre importance
Que celle qu'on peut mettre ici
Aux conseils d'un sincère ami.

A ces mots, chacun se recueille.
Et bientôt, de son portefeuille,
L'artiste, orateur, bel esprit,
Bien modestement en sortit
Cette pièce tant mirifique,
Promise à la foule artistique;
Petit chef-d'œuvre d'amateurs,
Qu'ici je livre à tout lecteur,
Qui, s'il n'a rien de mieux à faire,
Le jugera pour se distraire.

Pour l'amour de l'art seulement,
De Thalie ou de Melpomène,
Tout néophite de la scène,
D'être artiste fera serment.

Il fuira, timide écolier,
Chaque jour les nombreux exemples
Des faux-frères qui, dans nos temples,
Font de notre art un vil métier.

Envers ce maître sans pudeur,
Ce frélon de l'art dramatique,
Etre brutal et despotique,
Que l'on nomme enfin directeur,

Agis en toute probité.
Quoique certain de ta mémoire,
Ne donne pas ton répertoire
Avant de l'avoir médité.

C'est peur de tromper un trompeur;
Mais sûr de notre conscience,

On est fier de la différence
Que vient d'établir notre honneur.

Il faut que le comédien
Joigne les moyens au physique.
Tel serait bon acteur comique,
Ne fait qu'un mauvais tragédien.

Ce n'est que par comparaison
Que je parle de tragédie,
Sachant que la mélomanie
Soufflette à présent la raison.

Dès que parut l'enfant bâtard,
Qu'on nomme le genre lyrique,
La poësie et la musique
Ont de ce jour détrôné l'art.

Pourtant, on peut, malgré cela,
Dès que l'amour de l'art existe,
A force d'étude être artiste,
En jouant même l'opéra.

Plusieurs se sont fait un grand nom,
Et l'on peut, copiste fidèle,
Imiter au moins le modèle,
Si l'on n'atteint pas son renom.

Il faut, c'est le point important,
Bien saisir de son personnage
Le ton, les airs et le langage,
Qui le font connaître à l'instant.

Alors, vers la réalité,
Le vrai comédien nous attire,
Et prête au sujet qui l'inspire
Les couleurs de la vérité.

Malgré le gosier du chanteur,
L'action languit et se traîne.
Il faut, pour animer la scène,
Posséder l'âme de l'acteur.

Crains aussi ces réformateurs,
Secte qui chaque jour pullule,
Dont l'ambition ridicule
Cherche à corriger les auteurs.

A tronquer la valeur d'un mot,
Aujourd'hui, chacun d'eux s'escrime :
Tel, croyant atteindre au sublime,
Prouve souvent qu'il n'est qu'un sot.

Devant de pareils charlatans,
Le public parfois peut se taire.
On peut étonner, mais non plaire,
Par des écarts extravagants.

De se bien mettre, on doit surtout
Contracter la bonnne habitude :
Une sévère exactitude
Décèle un acteur de bon goût.

Puisse la sotte vanité,
Lorsque l'amitié te conseille,
Ne jamais fermer ton oreille,
Aux accents de la vérité !

Qui prend place aux premiers emplois,
Ne doit pas, pour de vains suffrages,
Trop se targuer des avantages
Qu'il ne doit souvent qu'à sa voix.

Laisse le droit d'être impudent
A ces histrions de Thalie,
Et crois bien que la modestie
Est le vrai cachet du talent.

Ce discours, sur l'art dramatique,
A la fois sage et satyrique,
Fut, comme on le peut croire ici,
Par quelques uns bien accueilli ;
Mais qui s'expose à la censure
Doit en attendre la morsure.

Or, la vilaine, on peut penser,
Se donne garde de manquer :
Sur tous points acerbe et tranchante,
D'une voix aigre et discordante
Elle dit au premier abord :
Pourquoi donc ce fougueux transport ?
Ce qu'ici l'on trouve admirable
Est en vérité détestable !
En honneur ! cela fait pitié !
En fait d'art, que fait l'amitié ?
— Sur un autre point je conteste.
Qu'est-il besoin d'être modeste ?
La modestie est un défaut,
Et je puis prouver que d'un saut,
(Sans parler de l'art de Thalie,)
Quel que soit l'effort du génie,
Avec ce vice capital
On entre droit à l'hôpital.

Néanmoins, tout ce bavardage,
Pour l'instant détourna l'orage ;
Chaque parti, pour le moment,
Fit trève à son ressentiment.
Alors, sans tarder davantage,
Le directeur, suivant l'usage,
Aussitôt parla des débuts,
Source éternelle de refus,
De ces faux fuyants, que l'artiste
Emploie alors dès qu'on insiste.
Tel rôle n'est pas assez mûr,
Ou de tel autre il n'est pas sûr ;
Ne voulant, en des cas semblables,
Que ceux qui lui sont favorables ;
Repoussant ceux qui, tour-à-tour,
Le montraient en un mauvais jour.

Quant à la véritable cause,
On la devine, je suppose ?
Sans être positivement
Un homme nul et sans talent,
Tel rôle jure à son physique,

Ou, pour sa voix trop chromatique,
Ecrit ou trop bas, ou trop haut,
Et fait ressortir un défaut,
Qu'un public à la dépourvue
Vous passe à la première vue.

Enfin, après plus d'un débat
Où l'intérêt livrait combat,
Le nouveau directeur Saintville
Put faire afficher par la ville
Cet avis que l'on attendait,
Sur lequel le passant lisait,
Lettres monstres, outre mesure,
Ce mot tout magique : *Ouverture !!!*

FIN DU DERNIER CHANT.

FRAGMENT

D'UNE CONVERSATION

ENTRE UN VIEUX COMÉDIEN

ET UN ARTISTE LYRIQUE DE LA NOUVELLE ÉCOLE.

LA RANCUNE.

Et bien , que dis-tu?

L'OPÉRATEUR. *

Moi? que je ne sais que faire ;
Je suis saoul du public, tout semble lui déplaire.
Pourtant auprès de lui tous les cas sont prévus ;
Nul ne sait mieux que moi préparer ses débuts.
Je vais dans les cafés, j'intrigue, je cabale,
Je réunis le soir mes amis dans la salle ;
Puis, en rentrant chez moi, rédigeant mes succès,
Je porte au rédacteur mes articles tout faits.
Mais tu le vois, malgré mon talent, ma prudence,
Le faux goût, aujourd'hui, fait pencher la balance,
Et le bruit des..... enfin, ce bruit impertinent,
Qu'entre nous, comédiens, nommons désagrément ,
En dépit de mes soins, depuis la ritournelle,
Jusqu'à la fin de l'air, vient bruire à mon oreille.
Il est cruel de voir son talent méconnu !
A ma place, mon cher, dis-moi, que ferais-tu?

* En style de coulisse, nous nommons opérateurs ceux qui chantent l'opéra ; et le lecteur, je l'espère, voudra bien remarquer que dans cette dénomination, mon intention n'a pas été de qualifier de charlatan, comme pourrait l'interpréter le dictionnaire, ce genre de talent, que je respecte beaucoup.

LA RANCUNE.

Mais..... que je suis fâché de ta déconfiture.
Pour qui tient un emploi, c'est une sinécure
Que, bien que notre orgueil reçoive maints soufflets,
On cherche à conserver en dépit des sifflets.
Le chiffre parmi nous obtient la préséance ;
Plus le chiffre est enflé, plus on a d'impudence.
Qu'importe de savoir même signer son nom,
Dès que le chiffre est là, vous avez du renom.
N'est-ce pas à présent l'unique et seule chose
Que demande un public, et souvent il impose ?
Après quinze ans d'étude, on voyait autrefois
Orosmane gagner cinquante écus par mois ;
Mais le théâtre alors n'était que dans l'enfance,
Le chiffre maintenant prouve la différence.
L'esprit est plus actif, et, dans un seul instant,
On fait d'un néophite, un comédien charmant !
S'il monte au *si bémol*, il a, dès son entrée,
Huit ou dix mille francs (pour sa première année).
Méprisant ces détails, ces misérables riens,
Dont se targuent si fort tous ces vieux comédiens,
Il se pose en entrant, se drape, se rassure,
De la main ou du pied il marque la mesure,
Et sans encombre alors, toujours calme et dispos,
Arrive au trait final, au doux bruit des bravos.
De toute règle, enfin, on s'épargne la gêne.
C'est ainsi qu'à présent on en use à la scène.
Quelques-uns, il est vrai, dans la profession,
Apportent du génie et de l'instruction ;
Mais ils sont peu nombreux, il faut ici le dire.
Que de premiers emplois savent à peine lire !
Et dans leur sot orgueil, vont, la plupart du temps,
Jusqu'à juger de tout, et se croire savants ;
Se posant, en dépit du jugement des autres,
De leurs talents douteux, les éternels apôtres.
Pourtant, près du public, leurs succès contestés
Leur révèlent parfois de tristes vérités ;
Mais contre leur talent, si le public proteste,
L'acteur n'en devient pas pour cela plus modeste.
L'amour-propre, au contraire, en s'accrochant à tout,

Lui fait dire en tous lieux que l'on a mauvais goût,
Puis, dans sa vanité, l'accuse de caprice,
Lorsqu'envers lui souvent il ne fait que justice.
On devrait cependant se rendre à la raison.
Son jugement en masse est presque toujours bon.
D'un petit comité le jugement s'altère,
Mais on doit respecter les arrêts du parterre.
Du chiffre bienheureux, tel est le résultat.
N'est-il pas vrai, mon cher, que c'est un bel état ?

L'OPÉRATEUR.

Je pense comme toi : ce qu'on affectionne,
C'est le chiffre en un mot, et non pas la personne ;
Aussi j'y tiens beaucoup, mais j'en ai du tourment....
En cette occasion quel est ton sentiment ?

LA RANCUNE.

Hum... plusieurs d'entre nous disent qu'à ce mécompte,
Le public est bien loin de retrouver son compte,
Que l'art du comédien prête à l'illusion,
Que ce n'est qu'un concert, et non une action,
Un long charivari, qu'au loin on peut entendre,
Mais auquel bien souvent on ne peut rien comprendre,
Et que s'il ne suffit que d'un *sol* ou d'un *la*,
Un tanneur, un maçon peut jouer l'opéra.
Il est vrai, disent-ils, qu'il est fort difficile
D'être à la fois chanteur et comédien habile,
L'adepte a la voix fraîche à l'instant du départ,
Mais n'est qu'à l'*a b c* des principes de l'art.
Mais ces propos mordants prouvent leur humeur noire,
Et je réponds pour vous que le conservatoire
Nous livre tous les ans dix ou quinze sujets,
Dont chacun peut prétendre à de brillants succès.
Le public indulgent qui connaît leur manière,
Les laisse volontiers marcher à la lisière.
S'il vient, c'est avant tout pour entendre chanter,
Et non pour le plaisir d'entendre déclamer.

L'OPÉRATEUR.

Mais enfin, ton avis ?

LA RANCUNE.

Que c'est une bourasque.
Le public, dans ses goûts, se montre un peu fantasque ;
Comme un cheval fougueux, il prend le mors aux dents,
Et quelquefois encore il a de bons moments.
Tel qui chante du nez, ou de gorge, ou de tête,
Conjure bien souvent l'orage qui s'apprête ;
Mais je crois qu'avec lui, le seul point important
Serait de se connaître et d'avoir du talent.

L'OPÉRATEUR.

Or, ton meilleur avis, c'est qu'après la défaite,
Il faut avec prudence opérer sa retraite.
Je le sens bien aussi ; mais mon opinion....

LA RANCUNE.

Je comprends, tu voudrais une position.

L'OPÉRATEUR.

Sans doute.

LA RANCUNE.

Alors, mon cher, avec de la jactance,
On peut, sans nul mérite, avoir de l'importance ;
As-tu quelque crédit ? eh bien, sois directeur !

L'OPÉRATEUR.

Ni crédit, ni comptant.

LA RANCUNE.

Alors, sois régisseur.

FIN.

www.ingramcontent.com/pod-product-compliance
Ingram Content Group UK Ltd.
Pitfield, Milton Keynes, MK11 3LW, UK
UKHW022347120726
13694UKWH00004B/1730